Yann M/

L'ANTHOLOGIE VRAIE
des
MAXIMES APPROX-
IMAGINATIVES

(Florilège E, maximes #401 à #500)

Avant-Propos

Cet ouvrage recense et encense les bons mots, les maximes minimalistes et autres aphorismes et périls, tous à peu près authentiques et véridiquement originaux, de Providence, simple d'esprit ayant, selon la légende, connu ses heures de gloire à la Belle Epoque en faisant une carrière courte mais remarquable de somnambule-magnétique*.

Osant souvent l'humour noir qui fait pourtant rire jaune, ne dédaignant pas l'humour tiré par les cheveux, au risque de friser le ridicule, hésitant parfois, avec l'humour coquin, entre l'art et le cochon, Providence répugne néanmoins à un humour qui battrait de l'aile pour voler au ras des pâquerettes.

Car, l'humour étant un sujet des plus sérieux, Providence officie dans le second degré de qualité française, le seul humour garanti 100% abstrait d'esprit.
« Les jeux de mots, c'est ma thématique ! » disait-il souvent, en ajoutant parfois *« A force de faire trop de jeux de mots de tête, j'en ai la migraine. »*

Alors, si vous aussi vous aimez jongler avec les bons mots, amusez-vous bien !

Et le premier de nous deux qui rira, rira bien qui rira le dernier !

PS1 : collectionnez tous les volumes des « florilèges de Maximes approx-imaginatives », il y en a plein !

PS2 : n'hésitez pas à rejoindre Les Maximes approx-imaginatives sur Facebook, pour réagir, commenter, et partager, dans la joie et l'allégresse.
www.facebook.com/Providence1900

* In Les aventures abracada-branquignolesques (et approx-imaginatives) de Providence, somnambule-magnétique à la Belle-Epoque.

#401 – Avoir un pied dans la tombe, c'est déjà avoir l'une de ses pompes funèbre.

#402 – Un massage, c'est bon pour l'alibi dos.

#403 – Le temps c'est de l'argent, mais qui d'or dine aura du mal à couler un bronze au petit matin.

#404 – Il vaut mieux ne pas mettre ses œufs dans le même panier de crabes, surtout s'ils sont pince-sans-rire.

#405 – Les sorcières s'envoient en l'air avec un balai entre les jambes ; certaines fées se préfèrent un balai dans le cul.

#406 – Pour briser la glace, rien ne vaut l'aide de quelques exquis mots.

#407 – Au bac, un étudiant qui ne respire pas l'intelligence et se trouve en panne d'inspiration, peut espérer que quelqu'un lui souffle la réponse avant que le temps imparti n'expire.

#408 – En tout Etat de cause toujours tu m'intéresses, le dialogue social est un dialogue de sourds.

#409 – Rien de plus facile pour un couple d'idiots que de passer pour des conjoints.

#410 – Rien ne vaut l'acupuncture quand on est mal en point.

#411 – Vouloir soulever tous les lièvres du développement durable, c'est avoir du lapin sur la planche.

#412 – Il peut être saoulant de se faire distiller des conseils un peu trop alambiqués. Cela peut même conduire à des déboires.

#413 – En voyage, une colique que le touriste a, c'est un petit problème, pas méchant mais chiant.

#414 – Une limite d'âge devrait être imposée aux politiques, pour éviter la dérive des incontinents.

#415 – Pour tirer une conclusion, encore faut-il avoir réussi à conclure.

#416 – Pourquoi dit-on « mort aux vaches » en vilipendant outrageusement ceux qui ne sont que des poulets ?

#417 – Si un homme qui n'a pas d'œuf est une femmelette, une femme qui a des œufs fait-elle une hommelette ?

#418 – Qui a viré sa cuti, peut se retrouver à signer aux prudes hommes.

#419 – Quand on aspire
à faire de grandes choses,
il ne faut pas expirer
trop tôt.

#420 – Voir un fantôme, cela n'est jamais qu'une vue de l'esprit.

#421 – La plupart des offres de crédit prêtent à confusion.

#422 – Hollywood est souvent accusé de tous les vices, mais la Californie.

#423 – Tout faire pour rentrer dans les annales, oblige parfois à s'engager sur un terrain glissant.

#424 – Plus on a le bras long, plus on a les coudées franches.

#425 – Baiser sa secrétaire, si c'est sur les deux joues, ce n'est pas pareil que si c'est tous les deux jours.

#426 – Sans vouloir généraliser non plus : le Français respire l'intelligence, mais l'Allemand, comme il respire !

#427 – Pour laver un affront, il ne faut surtout pas passer l'éponge.

#428 – Quand on veut gagner, le minimum c'est de donner le maximum.

#429 – Le métier d'écrivain de fiction est-il un emploi fictif ?

#430 – Tous les ans à la même époque, le Français regarde le Tour de France, fidèle au poste, de télévision.

#431 – Tant va le coq à l'âne qu'à la fin l'âne rit.

#432 – Trop d'individualisme sur terre. Le monde est devenu mal saint.

#433 – Appelée tous les ans à défiler, l'armée ne s'est jamais défilée.

#434 – Parfois, on dirait que la terre est mal lunée.

#435 – A bicyclette, dans une épreuve de montagne, Il ne faut jamais désespérer : on peut descendre au classement dans la montée, puis faire une belle remontée dans la descente.

#436 – A force de perdre son temps pour tout, on ne trouve plus le temps pour rien.

#437 – Un bon artisan-charcutier est un homme de lard.

#438 – Pour les malheureux réfugiés qui font naufrage, l'Europe est une terre d'écueil.
[Sous l'épave est la plage]

#439 - Gagner sa vie en faisant la quête, c'est possible, mais en mendiant c'est une autre paire de manche.

#440 - Quand nos politiques vaguent et divaguent sans mission : démission ! Quand le parlement est sans solution : dissolution !

#441 – Quand ils se marient, l'homme devient un mari et la femme se retrouve parfois marrie.

#442- La politique, c'est savoir tourner sept fois sa langue de bois (dans sa poche) pour enfoncer les portes ouvertes comme on enfile les perles !

#443 - Même avec des nerfs en acier, on peut parfois péter les plombs.

#444 - L'été, certains profitent de la vacance du mari pendant les vacances pour vaquer à leurs affaires.

#445 – L'été, c'est plus ce que c'était.

#446 - Roméo et Juliette : ce moment romantique quand il se rend compte qu'il y a du monde au balcon !

#447 - Même en exagérant, les aveugles dépassent rarement les borgnes !

#448 – Gagner une médaille d'or, ça rapporte de l'argent ?

#449 - Il paraît que les singes sont les seuls animaux qui font l'amour comme vous et moi.

#450 - Pour la rentrée des classes, les cartables les plus classes sont de sortie.

#451 - A force de s'en battre les couilles, on finit par s'en laver les mains.

#452 - Un bon médecin mettra l'accent là-dessus : une crise aigüe peut être grave.

#453 - Il est vrai que la plupart des financiers ont des valeurs, mais surtout mobilières.

#454 - Statistiquement, l'Eglise constate moins d'adultères chez les fidèles.

#455 - C'est dingue comme un aliéné n'est jamais crédible lorsqu'il dément être fou.

#456 - Etre ange, c'est étrange ?

#457 - On ne possède jamais une femme ; tout au plus peut-on espérer jouir un temps de l'usufruit défendu.

#458 - Embrasser une blonde, c'est rouler une pelle à tarte ?

#459 - Pour une danseuse étoile qui devient une star, passer de l'ombre à la lumière, c'est le jour et la nuit.

#460 - Quand on a une femme en or, il est idiot de vouloir la plaquer.

#461 - Rien de tel que faire courir une rumeur pour faire marcher les gens.

#462 - A forcer de trop fumer, on finit fatalement par casser sa pipe.

#463 - Avec la crise, il parait que même le plus vieux métier du monde traverse une mauvaise passe.

#464 - L'argent n'a pas d'odeur, l'argent ne dort jamais. Donc, l'argent n'odore pas.

#465 - Quand un artiste jette un froid avec une œuvre ardente, on trouve toujours un brûlot qui cryogénie.

#466 - Faut-il nécessairement raconter des salades pour conter Florette ?

#467 - A l'analphabète, il est conseiller de ne pas confondre les annales d'un examen, et l'examen anal.

#468 - En cyclisme, ceux qui sucent la roue des autres en quête d'aspiration sont en général des habitués des queues de peloton.

#469 - Une froide analyse ne saurait nous contredire : la plupart des idées fumantes naissent de gens complètement givrés.

#470 - Parfois, des mots, dit vains, sont merveilleux.

#471 – Voir un fantôme n'est jamais qu'une vue de l'esprit.

#472 - Le nouveau monde, maintenant, c'est de l'histoire ancienne.

#473 - Il faut être deux pour tirer un coup : âmes sans cibles s'abstenir.

#474 - Le Colisée a beau être très Rome antique, c'est la Tour Eiffel la plus romantique.

#475 - Certaines activités nocturnes resteront toujours au goût du jour.

#476 - Copier à l'examen c'est pas bien, mais coller c'est pire.

#477 - Qui se tourne les pouces finit par être mis à l'index.

#478 - Il parait que l'abus d'absinthe provoque des rêves psychéthyliques.

#479 - Certains trouvent qu'en double le tennis est plus simple.

#480 - L'enfer est pavé de mauvaises inventions.

#481 – Après avoir hésité entre la pendaison et le peloton d'exécution, la France décida finalement de couper les bonnes poires en deux.

#482 - Si les hommes aiment tant les seins, c'est que petits saints, ils ont tété à bonne école.

#483 - La terre a beau être ronde, certains coins sont mieux que d'autres.

#484 - Parfois, jeter un œil par le trou de la serrure permet de se le rincer.

#485 - Avec une femme qui a un caractère bien trempé on passe son temps à essuyer ses remontrances.

#486 - Quand elles ont été inventées, les cigarettes déjà roulées ont fait un tabac et sont vite devenues les plus prisées.

#487 - Il est courant que ceux qui se sont fait abuser soient fatalement désabusés.

#488 - Dans les beaux quartiers de la noblesse, les beaux comtes font les bons amis.

#489 - Jurer de ne plus dire de jurons, ça commence mal.

#490 - Demander à un enfant de tâcher à ne pas tacher, c'est compliqué.

#491 - Ils sont comme ça les gens : nantis et opulents, ils détestent pourtant être taxé de riches.

#492 – Une femme d'expérience sait qu'il n'y a probablement qu'en musique qu'une blanche est plus longue qu'une noire.

#493 - La loi ne fait pas dans la dentelle : un tissu « fabrication française » doit obligatoirement être brodé par des ressorts tissant.

#494 – Inutile d'avoir la dent dure, si c'est pour ne pas mâcher ses mots.

#495 – Il n'est pas sûr que la femme soit l'avenir de l'homme mais il est possible que l'homme soit le passé de la femme.

#496 - Quand une femme se prépare, il y a toujours une certaine tension si on l'attend.

#497 - L'été a été, l'automne tonne : allons-y vers l'hiver, et dans longtemps, le printemps.

#498 – Dans la vie on a parfois des succès en rafales !

#499 - Lundi fait rance.

#500 - Il faut faire preuve de légèreté pour proposer une partie de jambes en l'air à une femme très terre à terre.

L'ANTHOLOGIE VRAIE des MAXIMES APPROX-IMAGINATIVES

Déjà Paru

(Florilège A, maximes #1 à #100)

(Florilège B, maximes #101 à #200)

(Florilège C, maximes #201 à #300)

(Florilège D, maximes #301 à #400)

(Florilège E, maximes #401 à #500)

(Florilège F, maximes #501 à #600)

(Florilège G, maximes #601 à #700)

(Florilège H, maximes #701 à #800)

(Florilège I, maximes #801 à #900)

(Florilège J, maximes #901 à #1000)

A SUIVRE !

DU MÊME AUTEUR.

Collection « Les Approx-Imaginations »

L'Anthologie vraie des Maximes Approx-Imaginatives

Les Aventures Abracada-Branquignolesques (et Approx-Imaginatives) de Providence, somnambule-magnétique à la Belle-Epoque.

Leçons de Choses et d'autres (précis Approx-Imaginatif de Qu'est-ce que j'en sais-je donc ?)

« … et il versa du thé à l'amante » (histoires d'amour Approx-Imaginatives à ne pas prendre au pied de la lettre)

Collection « Les Chroniques t'Amères »

Les Chroniques t'Amères (de l'humour vache un peu cochon)

La dernière gorgée de bière, et autres contrariétés majuscules (ou les chroniques t'amères d'un bourgeois pas vraiment gentil homme)

Théatre

Le Grand Soir de l'an 2000

Thriller

La Greffe

©Yann MALAUD – tous droits réservés

ymalaud@yahoo.fr

Printed in Great Britain
by Amazon